ALFRED JOUBERT

Le Jardin de la Déesse

PARIS
LIBRAIRIE LEON VANIER, EDITEUR
19, QUAI SAINT-MICHEL, 19

MDCCCC

Le Jardin de la Déesse

DU MÊME AUTEUR

La Charmille d'or, 1 vol. in-18 jésus.............. 3 francs.

EN PRÉPARATION

L'Ouvrière de Beauté, mœurs grecques et romaines.

ALFRED JOUBERT

Le Jardin de la Déesse

PARIS
LIBRAIRIE LÉON VANIER, ÉDITEUR
19, QUAI SAINT-MICHEL, 19

MDCCCC

Le Jardin de la Déesse

I

Le Rêve.

Là-bas, en des palais de sardoine et d'agate,
De la mer de Byzance aux jardins de Tibur,
En pourpoint de turquoise et manteau d'écarlate,
Mon rêve se promène éblouissant et pur.

Il poudre de rubis les ailes des névroses
Et lance, pour mes yeux qu'effare leur essor,
Sur des fleuves d'argent des vols de flamants roses,
Des trirèmes d'ivoire avec des rames d'or.

Il s'attarde aux piliers cerclés de roses fraîches,
Quand Apollon vainqueur, en la pourpre des soirs,
Dans le miel de l'Hymette ensoleille ses flèches
Et burine les lys comme des encensoirs.

Mais quand le dieu se meurt en sa robe de sacre,
Quand du baiser du jour naît l'âme de la nuit,
Quand la rose de sang, au chapiteau de nacre,
Caresse le silence et parfume le bruit,

Il descend le sentier d'acanthe et de verveine
Qui va du mont sacré jusqu'au rivage noir,
Et je sens bouillonner dans l'orgueil de ma veine
Comme un flux fabuleux la splendeur de l'Espoir.

Car mon rêve a doré la moelle de mes fièvres,
La terre s'irradie en mes yeux éperdus,
Et les baisers de fleur qui volent sur mes lèvres
Sont les oiseaux captifs des paradis perdus.

II

A la Grèce.

Le soir prodigieux fauche, à travers les treilles,
Ses moissons de glaïeuls sur le ciel ivoirin,
Dans les vents attiédis les vols dorés d'abeilles
Frôlent les luths de nacre et les sistres d'airain.

Le saphir orangé passe au violet tendre,
L'émeraude a croulé dans la pourpre et le miel,
Et l'œil épouvanté regarde, sans comprendre,
Le coït fabuleux de la Terre et du Ciel.

Phaéton impuissant abandonne les rênes,
Le fils du dieu chancelle à l'horizon vermeil,
Et l'on entend pleurer et rire les sirènes
Sur le char que Vulcain forgea pour le Soleil.

O palais de lumière! Immortelles demeures!
Temples de marbre et d'or où mon rêve jaspé,
Dans le jour fatigué par la chanson des Heures
Effeuille pour Junon les roses de Tempé.

Grèce, jardin des dieux, Grèce, féconde amante,
Tes hommes ne sont plus, mais ton Œuvre est vivant
Des bosquets de l'Attique aux forêts d'Erymanthe,
Où les coursiers d'Argos ont henni dans le vent.

Fils pieux, j'ai cueilli ton myrte et ta verveine,
J'ai gravi l'Hélicon sous tes cieux embrasés,
O Grèce! et j'ai gardé ton soleil dans ma veine
Et sur mon torse brun l'odeur de tes baisers.

III

Les Joueuses de flûte.

O passé, fleuve rose où mon rêve se baigne,
O décor fabuleux, fabuleux horizon,
Soleil qui se parfume aux branches de son peigne,
Glycine d'or qui monte au mur de ma maison.

2

Quels vents ont balancé les roses des volutes,
Quels baisers ont frôlé la mer et les cités,
Pour qu'à travers vos yeux, ô joueuses de flûtes,
Leur chant nous berce encore après deux mille étés?

O vergers de Chio, jardins de Mytilène,
Myrtes de la montagne et flots changeants du port,
Brebis dont Bilitis a quenouillé la laine,
Hercules dont Laïs a démusclé l'effort.

O passé, fleuve bleu des saharas moroses,
Forêts qui surgissez à l'horizon marin,
O femmes dont la chair a la saveur des roses,
Esclaves dont le torse a des reflets d'airain.

O veilles de combats, lendemains de batailles,
La grande paix qui tombe après l'énorme bruit,
Barbares au poil roux dressant leurs hautes tailles
Comme de beaux lions renâclant dans la nuit.

Vents qui passez chargés d'épices et d'arômes,
Bosquets de nacre avec des oiseaux de carmin,
Brumes d'or qui flottez au ciel des hippodromes,
Flots de Tyr qui chantez l'orgueil du nom romain.

Quel rire a donc arqué les bouches, quelle haleine
A caressé les lys aux rives des Léthés,
Pour qu'à travers vos yeux, vierges de Mytilène,
Leur chant nous berce encore après deux mille étés ?

IV

Le Beau Désir.

Je voudrais vivre aux temps fabuleux de l'histoire,
Au pays Libyen, moiré de sables blonds,
Si j'étais parfumé comme un vendeur d'ivoire,
Et si j'avais les reins d'un dompteur d'étalons.

Je voudrais vivre aux temps de Byzance et de Rome,
Et, si j'étais musclé comme un gladiateur,
Je voudrais être plus qu'un César, être un homme,
Que le Beau fût possible et que j'en sois l'auteur.

Je voudrais, sur les flots paresseux de l'Euphrate,
Cueillir les grands lotus aux gammes de saphir,
Et vivre mollement en un palais d'agate
Dans les ors de Chaldée et les perles d'Ophyr.

Écouter la chanson du chamelier qui passe,
Et les roseaux d'argent pleurer dans les bassins,
Quand le bruit des baisers rôde sur la mer lasse
Aux sons clairs èt rythmés du fifre et des buccins.

Faire tourner le monde au vent de mon caprice,
Dans l'azur infini balancer mon essor,
Faire pleurer Didon et rire Bérénice
Aux jardins suspendus où sont les treilles d'or.

Et je voudrais pouvoir, dans les belles lumières
Faites de fleurs d'aurore et de jeunes soleils,
Sous leurs yeux fatigués par le poids des paupières,
Baiser sur leurs pieds nus les bagues des orteils.

V

Soleil levant.

La faucille a passé dans les moissons stellaires
Et préparé ta route, ô vainqueur diligent,
Sous le grand dais d'azur brodé d'agates claires
Où l'infini sommeille en ses gazes d'argent.

Des moires de rubis que nacrent des guipures
Passent, très lentement, sur les flots irisés ;
Dans les vents paresseux saignent les roses mûres,
Et la terre s'éveille en un bruit de baisers.

La Déesse alanguie ouvre ses grands yeux calmes,
Et, sur les îles d'or, penchant ses seins d'émail,
Répond, en agitant les franges de ses palmes,
A l'aube qui sourit sous son rose éventail.

Et soudain le décor s'illumine et s'embrase
Dans une monstrueuse et pourpre floraison,
Et le soleil levant sur la mer de topaze
Semble un palais de feu qui flambe à l'horizon.

De Lesbos à Milet, d'Amathonte à Corinthe,
Traînent des sons de flûte et des parfums de chairs.
La Déesse à la terre a laissé son empreinte,
Et d'étranges lueurs courent dans ses yeux clairs...

Parthénis qui s'étire après la nuit d'orgie,
Au milieu du relent des viandes et des vins,
Fixe superbement sa prunelle élargie
Sur le corps qui repose entre ses bras divins.

Que ne suis-je celui qu'elle appelle en son rêve,
L'esclave Carien qui la berce et l'endort,
Ou le berger qui baise, en tremblant, sur la grève,
Son voile de lin rose et ses cothurnes d'or?

VI

Aphrodite.

Déesse que la terre adore et glorifie,
Dont la lèvre est de myrrhe et la langue est de miel,
Déesse dont la chair flambe et se magnifie,
Fleur de souffrance éclose aux jardins d'Ariel,

Les hommes accroupis sous les plis de tes aines,
Comme un veule bétail inhabile à saisir,
Exaltent dans l'effort de leurs bras lourds de chaînes
Tes yeux dispensateurs du crime et du désir.

Leurs mains ont pollué la splendeur de tes cuisses,
Escaladé tes seins et casqué tes cheveux.
Les vierges t'ont donné des fleurs et des génisses
Et les consuls vainqueurs des étalons nerveux.

Tes deux enfants divins, l'Orgie et le Massacre,
Sur ta galère d'or voguent vers le levant.
Les tritons ont soufflé dans leur conque de nacre,
Les éperviers d'Égypte ont passé dans le vent.

Sur les brocarts du jour fermant ses bras fragiles,
La Nuit baise la Terre, et le mâle rué
Darde ses yeux pensifs et tend ses mains débiles
Vers le triangle d'or du ventre sexué.

O Déesse, le ciel irrité te contemple,
Car, désertant pour toi les baisers du sommeil,
L'homme, inlassé d'aimer, aux marches de ton temple
Déchire éperdument les roses du soleil !

VII

Salamine.

Les Heures ont rosi l'horizon tendre et pur,
L'Aurore aux doigts de feu gerbe sa moisson blonde,
Et, frappant du sabot la barrière du monde,
Les chevaux du soleil se cabrent dans l'azur.

4

Le quadrige poursuit sa course coutumière,
Et le dieu qui le mène, orgueilleux conquérant,
Traîne sur les lapis qu'argente la lumière
Comme un manteau royal ses moires de safran.

Le char d'ivoire et d'or monte au ciel de l'Attique,
Tout resplendit : le mont, la mer et la forêt.
Et, là-bas, du côté de l'Eubée, on dirait
Un trône de vermeil sous l'azur d'un portique.

Et la terre fleurit comme un divin rosier
Dans un ruissellement de cristaux et de pierres,
Et voici, se dressant dans le rut des lumières,
Les fils de Darius aux boucliers d'osier.

O Grèce ! Thémistocle a lancé tes galères
Et Pallas a guidé leur vol audacieux.
Pouvais-tu donc périr toi qui créas des dieux
Et qui dressas des rois à chanter tes colères ?

Et longtemps et toujours, Hellas, ô ma beauté,
Mère des grands devoirs, ô splendeur immortelle,
Tes flots clairs rediront pendant l'éternité
Le nom de tes héros à tes caps de dentelle.

Et longtemps et toujours l'homme viendra puiser
La jeunesse et la force en ta robuste étreinte,
Sur tes seins effeuiller la gloire du baiser
Et sur tes lèvres d'or les roses de Corinthe.

VIII

Alexandre.

Des sables de Nubie aux cieux de Macédoine
Et de la jeune Rome à l'antique Ilion,
Sur les monts d'émeraude et les flots de sardoine,
Alexandre a traîné son manteau de lion.

Sur son trône d'airain le dieu des dieux chancelle,
La foudre s'amollit à son poing meurtrier,
Car, pour le conquérant, Mars a bouclé la selle
Et Vénus a fleuri de roses l'étrier.

Les constellations au fond des nuits stellaires
Flambent pour le héros magnifique et sanglant,
Et, pour bercer le vol cadencé des galères,
La mer est plus câline et l'aquilon plus lent.

Sur le Carthaginois à la lourde cuirasse
Et l'archer de Corinthe au ceinturon d'airain,
Sur le frondeur attique et le cavalier thrace,
L'Orient fabuleux a vidé son écrin.

Aux ceintures de cuir cerclant l'énorme taille
La courtisane grecque a pendu ses colliers,
Et la terre a tremblé sous les chars de bataille
Et l'écho chante encor le choc des boucliers.

L'oiseau royal est mort aux serres des orfraies,
La Déesse a vaincu le guerrier jamais las,
Car le héros connut la splendeur de vos plaies,
Blessures du baiser dont on ne guérit pas!

Et du pays Berbère aux rives de l'Hydaspe,
Sur les monts qu'ont foulé les cavaliers d'Assur,
L'âme du conquérant rutile au ciel de jaspe
Comme un épervier d'or éployé dans l'azur.

IX

Cantique.

O toi dont le baiser fait éclore les bouches,
Blonde divinité des combats et des jeux,
O toi qui fais un dieu du mâle que tu touches,
Et de l'enfant malade un homme courageux !

Tes yeux phosphorescents ont des lumières neuves
Où j'ai serti la perle et le béryl changeant,
Tes yeux sont des miroirs florescents et des fleuves
Aux flots prodigieux de sinople et d'argent.

Et tes yeux me font vivre aux jardins rectilignes
Pleins d'oiseaux diaprés et de bruits argentins,
Où je vois, dans le vol effarouché des cygnes,
Surgir un horizon de palais byzantins.

Tes cheveux mordorés sont la mitre éclatante
Où flambent le rubis, l'opale et le saphyr,
Montagne de soleil où j'ai planté ma tente,
Plaine où j'ai débridé l'étalon du désir.

Et leurs tresses qui sont les chaînes des caresses
Ont évoqué Pallas, Aphrodite et Junon.
Aux pays fabuleux des divines maîtresses,
Les bergers d'Arcadie ont prononcé ton nom.

L'Hélicon pour ta lèvre a vermeillé ses treilles,
Les temples sont ouverts, les dieux sont revenus,
L'Olympe sur la mer a vidé ses corbeilles,
Et les flots ioniens ont lustré tes pieds nus.

O toi dont le baiser fait éclore les bouches,
O majesté suprême et suprême beauté,
O toi qui fait un dieu du mâle que tu touches,
O mère de l'amour, ô sainte Volupté !

X

Après la Bataille d'Actium.

Les vents occidentaux ramènent les galères
Comme de grands oiseaux attardés et blessés,
L'ombre d'Octave monte au bord des nuits stellaires,
Cléopâtre est vaincue et les dieux sont lassés.

La nue est obscurcie, et du choc des armées
Ont tressailli les monts et bouillonné les mers,
Et du cercueil d'argile où sont les Ptolémées
Montent des rires durs et des sanglots amers :

« La Déesse n'est plus au haut du promontoire
Qui protégeait mes nefs lourdes de rois captifs,
Où sont mes éléphants avec leurs tours d'ivoire,
Les chefs romains dressant mes étalons rétifs ?

« Où sont les tigres d'or de mes jardins de nacre,
Mes fanfares de cuivre à l'horizon serein,
Et mes nègres d'Asie altérés de massacre,
Et mes centurions aux cuirasses d'airain ?

« De quel sang mes archers ont-ils pourpré leurs flèches,
Quel saphir a pâli l'azur des cieux profonds,
Où sont mes grands palais avec leurs salles fraîches,
Et mes femmes avec mes chiens et mes bouffons ?

« Où sont les lourds impôts levés sur les royaumes,
Et mes chars de bataille au bruit sonore et fier,
Où sont mes légions, mes dieux, mes hippodromes,
Mes fabriques de pourpre et mes mines de fer ?

« Peuples ! où sont les beaux défis de vos aurores,
Et les soleils couchants de vos rebellions ?
Chansons, éveillez-vous aux cordes des mandores,
Aquilons, dites-nous la plainte des lions. »

— La nue est obscurcie, et du choc des armées
Ont tressailli les monts et bouillonné les mers,
Et du cercueil d'argile où sont les Ptolémées
Montent des rires durs et des sanglots amers.

XI

L'Orgie.

Dans le triclinium de porphyre et d'agate,
La sambuque et le sistre égrènent leurs refrains,
Et le jour pourpré d'or du velum écarlate
Met ses taches de sang au torse des airains.

Les parois d'ambre fin filtrent des sons de flûte,
Et l'air est saturé du parfum des fruits mûrs.
Sur le sol safrané, s'apprêtant à la lutte,
De beaux éphèbes bruns ont huilé leurs bras durs.

Près des tables d'écaille où se meurent des roses
Sous les cratères pleins de falerne doré,
La danse syriaque, en l'audace des poses,
Entoure le César titubant et lauré.

Sur un bassin d'onyx, énervant ses chairs blêmes,
Une Grecque aux yeux doux rit d'un geste penché,
Et, dans un chatoiement de cristaux et de gemmes,
Comme un lion très las, l'Empereur s'est couché...

La lumière a cerclé de fleurs multicolores
Le lapis rutilant et poli des piliers,
Les esclaves géants ont vidé les amphores,
Les danseuses d'Asie ont défait leurs colliers.

Dans le triclinium flotte un relent de bouge,
Le vin rose et le sang jaspent les marbres roux,
Et l'Empereur, très las, rit dans sa barbe rouge,
Comme un enfant sourit en rêve à ses joujoux.

XII

La Charge des Amazones.

Leurs cheveux sont huilés d'hyacinthe et de myrrhe
Et leurs membres lustrés de pourpre et de citrin,
En leurs yeux élargis rutile tout l'Empire
Dans la gloire du fer et l'orgueil de l'airain.

Le vol des étalons enivre les chairs moites.
Comme de grands oiseaux, vers l'horizon changeant,
O Byzance! elles vont, fabuleuses et droites,
Sur les selles de cuir aux étriers d'argent.

Et les doigts sont crispés aux tresses des crinières
Dans le vertigineux et formidable essor,
Et l'on entend chanter, dans le vent des bannières,
Les perles des colliers sur les gorgerins d'or.

Aux mors frangés d'écume on a gerbé des roses,
Les chanfreins sont brodés d'onyx et de corail,
— Et le passé surgit en des apothéoses
Ainsi qu'une légende au cintre d'un vitrail.

Et l'œil extasié ne voit pas le massacre,
Mais le palais de jaspe au pays mordoré,
Où, sur le fleuve lent, en des barques de nacre,
Des lèvres de carmin boivent du vin doré.

L'oreille n'entend pas le choc, l'appel sinistre,
Les flèches des archers sifflant dans le soleil,
Mais les sons argentins du théorbe et du sistre
Sur la haute terrasse au bord du flot vermeil...

On a sonné la charge et levé les icônes,
Et sur son étalon de Thrace, aux rênes d'or,
Regardant d'un œil dur mourir les amazones,
Se dresse, comme un dieu nimbé, l'Autocrator.

XIII

Soleil couchant.

Le soir drapé d'azur et mitré d'écarlate,
Au ciel occidental ébauchant son décor,
Sur ses plaines de pourpre et ses coteaux d'agate,
Agite éperdument son grand tambourin d'or.

Les bras lourds de colliers, les doigts chargés de bagues,
La Déesse surgit à l'horizon mouvant.
On entend des baisers dans le fifre des vagues
Et des cris de guerriers dans la harpe du vent.

Sur ses lèvres de fleur et ses yeux de mystère
Le soir a balancé la caresse du jour;
La Déesse rutile et sourit à la terre,
Et la terre a gémi comme une urne d'amour.

Dans le divin sanglot des mondes et des races,
L'homme, cruel et doux, sent devant sa splendeur,
Comme un bel oiseau d'or, le frisson des audaces,
Frôler superbement ses membres en sueur.

Son sexe s'irradie, et, sur sa chair démente
S'énerve le réseau de ses veines de feu,
Et, vers les bras tendus de l'éternelle amante,
Le mâle créateur se dresse comme un dieu.

Le jour se meurt, la nuit a bistré sa paupière
Et frangé d'outre-mer ses brocarts éclatants,
L'horizon a fermé ses lèvres de lumière,
Et la terre immortelle est grosse du printemps !

TOURS, IMPRIMERIE DESLIS FRÈRES

6, RUE GAMBETTA, 6

www.ingramcontent.com/pod-product-compliance
Ingram Content Group UK Ltd.
Pitfield, Milton Keynes, MK11 3LW, UK
UKHW020356220726
13923UKWH00004B/1644

9 782019 276102